Un trabajo sin futuro

Un trabajo sin futuro

Vicki Grant

Traducido por
Queta Fernández

orca soundings

ORCA BOOK PUBLISHERS

D.R. © 2008 Vicki Grant

Derechos reservados. Prohibida la reproducción o transmisión total o parcial de esta obra por cualquier medio o método, o en cualquier forma electrónica o mecánica, incluso fotocopia o sistema para recuperar información, conocido o por conocerse, sin permiso escrito del editor.

Catalogación para publicación de la Biblioteca y Archivos Canadá

Grant, Vicki, 1957-
[Dead-end job. Spanish]
Un trabajo sin futuro / written by Vicki Grant;
translated by Queta Fernández.
(Orca soundings)
Translation of Dead-end job.

Issued in print and electronic formats.
ISBN 978-1-55469-051-0 (pbk.).—ISBN 978-1-55469-052-7 (pdf).—
ISBN 978-1-55469-552-2 (epub)

I. Title. II. Title: Dead-end job III. Series.
PS8613.R367D4218 2008   jC813'.6   C2008-905999-9

Summary: When it turns out that a boy Frances has met at her job working the nightshift is a stalker, she realizes she may be in serious danger.

First published in the United States, 2008
Número de control de la Biblioteca del Congreso: 2008936902

La editorial Orca Book Publishers está comprometida con la preservación del medio ambiente y ha impreso este libro en papel certificado por el Consejo para la Administración Forestal.

Orca Book Publishers agradece el apoyo para sus programas editoriales proveído por los siguientes organismos: el Gobierno de Canadá a través de Fondo Canadiense del Libro y el Consejo Canadiense de las Artes, y la Provincia de British Columbia a través del Consejo de las Artes de BC y el Crédito Fiscal para la Publicación de Libros.

Cover photography by Firstlight.

ORCA BOOK PUBLISHERS
www.orcabook.com

Impreso y encuadernado en Canadá.

19 18 17 16 • 5 4 3 2

A la memoria de Meg Richardson,
a quien le encantaba los cuentos
y nos amaba a nosotros.

Capítulo uno

Había algo extraño con el paquete de papitas con queso. Estaba muy abultado en el fondo, tenía las esquinas muy puntiagudas o algo por el estilo. Me le quedé mirando por no sé cuánto tiempo, y no podía darme cuenta de qué era lo que realmente tenía. Me estaba volviendo loca.

Me halé el pelo y grité.

Alguien me preguntó:

—¿Te pasa algo?

Pegué un salto del susto. No había escuchado entrar al chico. Traté disimuladamente de tapar mi dibujo con la mano. No quería que lo viera.

—No, nada. Estoy bien. ¿En qué le puedo servir?

Puso una barra de chocolate en el mostrador y dijo:

—Sólo vine a comprar esto. —Entonces sonrió, tratando de hacerse el simpático, y luego dijo—, pero ahora lo que quiero es ver tu dibujo.

Hice como que le sonreía. Después de todo, era un cliente y no quería ser grosera, pero tampoco quería darle ilusiones, especialmente porque no era tan bien parecido como él creía. Era normal. Un chico común, de dieciocho años, con capucha, *jeans* y los audífonos alrededor del cuello. Era un poco pálido, medio flacucho, y necesitaba una buena afeitada (noté todo eso porque estaba detrás del mostrador sin poder salir; normalmente no me hubiera fijado en él).

—Pooorfa —dijo con una sonrisa estudiada.

Me estaba haciendo pasar vergüenza. Peor que cuando había gritado minutos antes.

—No. No quiero. —Puse una caja de chicles sobre el dibujo.

—Vamos, no seas tímida —dijo, tratando de ver algo por cima de la caja de chicles.

—Son $1.07 por el chocolate —dije, y cubrí el resto del dibujo con una hoja de los números de la lotería de la semana.

—Está bien, está bien —dijo, quitándole importancia al asunto—. Aquí tienes un dólar y una moneda de 25 centavos. Te puedes quedar con el cambio.

Huy, además de galán da buenas propinas, pensé. Puse el cambio en la caja y nos quedamos allí parados sin hacer nada. Me pareció una situación incómoda, aunque él parecía estar muy a gusto. Le dio una mordida a su barra de *Krispy Bits* y dijo "Qué rica está" como si yo tuviera algo que ver con eso. Se apoyó sobre el mostrador mientras terminaba de comérsela. Luego se limpió la mano en la chaqueta y dijo:

—Bueno, parece que debo irme.

¿No me digas?, pensé.

—Gracias por su visita —dije.

Ya se iba. Pasaba por el estante de las revistas cuando sonó el teléfono. Qué alivio. Eran casi las doce de la noche y tenía que ser mi novio el que llamaba. Me agaché detrás del estante de los cigarrillos y actué como toda una recepcionista.

—*Parada en la Autopista*. Le habla Frances. ¿En qué puedo servirle?

Leo exigía hablar con el jefe de servicio al cliente, inmediatamente. Estaba enojadísimo por la forma en que había sido tratado por una de nuestras vendedoras. No escuché el nombre, pero la describió claramente. Tenía el pelo rubio, usaba gafas de viejita y calzaba el número once de zapatos (se parecía mucho a mí, pero yo no lo iba a admitir).

Según Leo, la vendedora se había negado a faltar a la clase de biología para pasar el día con él, que hasta le había prometido darle la clase de biología en el asiento trasero de su magnífico Impala de 1985. Si la conducta de la vendedora no mejoraba, él se vería obligado a reportar la tienda *Parada en la Autopista* al *Better Business Bureau* (una institución que vela por la ética en los negocios).

Estuvimos bromeando un rato cuando escuché que alguien estaba en la tienda. Pensé que era el dueño, que venía a cubrir el turno de la madrugada. Dije bien bajito "nos vemos a la hora de siempre" y colgué. El señor Abdul era un hombre muy bueno, pero no le gustaba que estuviera hablando con mi novio en horas de trabajo.

Me paré detrás del mostrador y dije "¡Hola!" con tono de animadora de equipo de deporte. Quería sonar como una empleada modelo, como la persona que adora pasarse el viernes por la noche organizando cajas de cigarrillos en un estante.

—¡Hola otra vez!

De nuevo tenía frente a mí al señor *Krispy Bits*. ¡No!

—¿En qué puedo servirle? —dije.

—¿Te importa si me quedo aquí por unos minutos? Empezó a llover.

Sí me importaba, pero, ¿qué le iba a decir?

—Me imagino que no —dije, y comencé a alinear las cajas de cigarrillos.

—No tienes que sonar tan entusiasmada con la idea —dijo—. En realidad, podría ayudarte.

Lo último que me faltaba.

—No, gracias —le contesté—. Esto sólo me toma unos segundos y ya casi termino el turno.

Emitió un ronquido y no estoy jugando cuando lo digo.

—No me refería a ayudarte a arreglar los estantes.

Retorcí los ojos. *No me digas que eres demasiado importante como para hacer este trabajo*, pensé.

—Sino ayudarte con el dibujo.

Oí un ruido. Me volteé justo para verlo sacar mi dibujo de debajo de la caja de chicles.

—¡Oye, dame acá! —dije.

Tenía mi dibujo en las manos y lo observaba como si fuera un experto en arte.

—Es muy bueno —dijo, moviendo la cabeza de arriba a abajo.

Yo estaba furiosa.

—¿Qué sabes tú?

Traté de arrebatarle el dibujo, pero me esquivó.

—¿Has oído hablar de Tom Orser? —dijo.

—Sí. ¿Y qué? En un pueblo tan pequeño como éste, ¿quién no lo conoce?

Traté otra vez de quitarle el dibujo.

—Es mi padre.

—¡No me digas!

Creía que yo me iba a creer el cuento. Tom Orser es un artista riquísimo que pinta cuadros de la naturaleza. Vive en una casa fabulosa al lado de un precipicio en la bahía *East Green*. Tiene como sesenta años y su esposa, treinta. Tienen dos niñas, Zorah, a la que le gustan las papitas con sal y vinagre, y Stella, que las prefiere con salsa.

—Él viene a la tienda muchas veces —dije—. Y no tiene ningún hijo.

—No con esta esposa —la cara le cambió por completo—. Yo soy el producto de la esposa número uno. La que tuvo que trabajar para mantener al artista muerto de hambre.

Hablaba con cara seria. No supe qué contestarle y no podía ni enojarme con él. Qué situación tan desagradable. Para ser cortés le dije:

—¿Cuándo se separaron?

—Yo tenía cerca de ocho años. Tom comenzó a ganar dinero y decidió cambiar el modelo viejo por uno nuevo. De hecho, una modelo de trajes de baño. Tuvieron tres niños. Luego, la dejó por otra más bonita. Margo engordó con el segundo niño, así que la dejó por la mujer que tiene ahora.

Tenía la misma sonrisa forzada en la cara. Yo tenía la terrible impresión de que iba a empezar a llorar a cualquier momento.

—¿Sabías que él había tenido otras esposas? —preguntó.

—Ay, no —dije, pensando que debí haberlo dejarlo ver el dibujo.

—Entonces, ¿cómo pudiste estar tan segura de que no tenía un hijo?

En eso tenía razón. Parecía un tema doloroso para él. Le dije algo a modo de disculpa. Pensé que se iría, pero sólo levantó los hombros.

—Oye, no te sientas mal —me dijo—. La mayor parte del tiempo Tom actúa como si no tuviera un hijo. Dile que Devin estuvo aquí y fíjate cómo reacciona. Te dirá "¿quién es Devin?" Te lo aseguro. La próxima vez que venga, hazlo.

Se rió y me dio el dibujo.

—Es muy bueno, Frances. Lo digo en serio —dijo—. Lo único es que la bolsa te quedó un poco corta en el lado izquierdo.

Miré el dibujo.

Rayos. Tenía razón.

Le iba a dar las gracias cuando, de pronto, me di cuenta de algo. Lo miré.

—¿Oye, cómo es que sabes mi nombre?

No me contestó. Se las arregló para desaparecer exactamente antes de que el señor Abdul entrara por la puerta.

Capítulo dos

Cuando íbamos en el carro en camino a la casa esa noche, le dije a Leo lo que había pasado. Él no podía creer eso de que Tom había tenido tantas mujeres.

—Vamos a ver si entiendo bien. Después de que Tom dejó a su primera mujer, ¿tuvo siete hijos con tres mujeres diferentes? En qué tiempo ¿diez años?

Se echó a reír.

—¡Vaya! El hombre es un dios del amor. Ojalá que yo tenga ese rendimiento a los noventa.

—Tom no tiene noventa años —lo corregí.

—Está bien. Rectifico. Ojalá que yo tenga ese rendimiento cuando "parezca" de noventa.

Me reí. Los dos nos reímos. Qué comentario tan cruel. Pero era verdad. Tom era un hombre redondito, con una coleta y unos pantalones cortos que le llegaban a las axilas. Nadie en el pueblo podía creer que se hubiera conseguido una mujer alta y bella. Se iban a morir cuando se enteraran de que eran cuatro, no una.

Disfrutábamos del paseo y yo hablaba de mil cosas. Le dije lo de Devin con el dibujo y lo rápido que se había dado cuenta de lo que estaba mal. Le dije que no había duda de que el chico tenía buen ojo y que yo estaba realmente impresionada.

Ése fue mi gran error.

Leo apretó los labios, fijó la vista en la carretera y no dijo ni una palabra el resto del camino.

Odio cuanto reacciona así. Sólo hice un comentario sobre un chico que tenia buen ojo para el dibujo.

Pero eso no fue lo que él escuchó.

Lo que él escuchó fue: "El tipo es realmente un artista, así que debe ser, también, muy inteligente. Y, de paso, se me olvidó decirte que tú no eres inteligente. Tú eres un estúpido jugador de *hockey* que quiere quedarse en Lockeport por el resto de su vida y heredar el garaje de mecánica de su padre. Por eso es que te voy a dejar por alguien completamente desconocido."

Lo que prueba que Leo es realmente un idiota.

Desde que decidí ir a estudiar a una universidad en otra ciudad, el año que viene, Leo tiene esa actitud. Como si yo lo hiciera para hacerlo quedar mal o algo por el estilo. No lo puedo hacer cambiar de idea. Leo es inteligente, siempre lo he dicho. Quizás no para los libros (quizás no, definitivamente), pero es inteligente para muchas otras cosas. Puede arreglarlo todo. Tiene sentido común y sentido del humor. Puede entender cosas de la gente y del mundo que muchos otros chicos, con muy buenas notas, no pueden.

Y por si fuera poco, es mejor parecido de lo que una lerda como yo se merece.

Además, estoy enamorada de él. Aunque a veces se comporte como un cretino.

Por un lado quería decirle mil cosas por ser tan idiota y actuar como un niño, pero por otra parte, estaba cansada. Estaba estudiando mucho y trabajando muy duro para presentar un buen portafolio para la admisión a la escuela de arte. Y encima de eso, trabajaba en *Parada en la Autopista*. Honestamente, a la una de la mañana no me quedaban fuerzas ni energía para resolver esos problemas.

Me reventaba nada más pensar que estas cosas sucedieran.

Leo se detuvo en la entrada de mi casa y dejó el motor en marcha. Lo miré. Quería decirle: "Vamos, Leo, no seas así. A mí qué me importa el Devin ese," pero Leo volteó la cabeza y comenzó a tamborilear en el timón, como si yo estuviera haciéndole perder su precioso tiempo. Como si yo lo que tuviera que hacer era pedirle perdón. No tenía que hacerlo.

Suspiré y le dije:

—Hasta luego.

Él dijo:

—Ya lo creo —y le dio un tremendo puñetazo a la pizarra del carro.

Me bajé. Salió disparado, haciendo rugir el motor.

La luz en la habitación de mis padres se encendió. Otras dos personas más estaban enojadas conmigo por algo que yo no había hecho.

Capítulo tres

Leo no me llamó al siguiente día.

Claro, yo podía haberlo llamado, pero ¿qué le iba a decir? Cualquier cosa que le dijera empeoraría las cosas. Él quería que yo le pidiera perdón. Y yo quería decirle que era un imbécil.

Pensé que sería bueno darle un día para que se calmara. Traté de estudiar para el examen de historia. Traté de hacer un paisaje para mi portafolio. Traté de

Un trabajo sin futuro 17

leer una revista de ésas en las que sólo aparecen sandeces, pero ni en eso me podía concentrar. El problema con Leo me tenía muy disgustada. Terminé pasando el día en casa buscando pleito con todo el mundo por cosas sin importancia, hasta que llegaron las seis de la tarde, la hora de irme para el trabajo.

Me sorprendió ver al señor Abdul en la tienda. Normalmente, su esposa trabajaba de día, pero me dijo que tenía problemas con el embarazo. El médico no quería que estuviera de pie todo el día. El señor Abdul debía de estar muerto de cansancio cuando llegué; había estado trabajando dieciocho horas seguidas.

Me imaginé que ésa era la razón por la que el lugar estaba hecho un desastre. La mercancía no había sido colocada en los estantes y la mesa donde se servía café y dulces estaba sucia y desordenada. Eso no me preocupaba, porque el turno de la noche era muy tranquilo. De vez en cuando aparecía un camionero para comprar café o un turista que se detenía para preguntar cuán lejos quedaba la civilización (respuesta: lejísimos). De lo contrario, no pasaba nada. Ésa era la razón por la que tomé el trabajo. Me daba tiempo de dibujar o, detesto admitirlo, tiempo para soñar con Leo.

Sin embargo, esa noche no tenía ánimos para hacer ninguna de las dos cosas. Me alegré de tener que arreglar los estantes. Ya había empleado más tiempo de la cuenta enfurruñada.

Me recogí el pelo con una banda elástica y puse manos a la obra. Me volví loca. Era como si estuviera pensando: *Voy a enseñarle a Leo quién de verdad soy. Voy a dejar la tienda perfectamente limpia. Voy a darle una lección.*

Eso no tenía sentido, pero me dio una buena carga de energía. Coloqué la nueva mercancía en la parte de los caramelos. Organicé todas las revistas. Barrí el piso, limpié las ventanas y raspé la comida pegada dentro del microondas. Cuando comencé a limpiar el refrigerador en la sección de productos lácteos, ya sudaba como un animal.

Estaba arrodillada limpiando algo rosado que se había derramado en la rejilla de la parte de abajo cuando sentí algo frío y húmedo en el cuello.

Di un grito. Ni siquiera miré. Cogí la rejilla y la lancé con fuerza contra lo que fuera que estaba detrás de mí.

Sentí un golpe y escuché que alguien dijo una mala palabra. Di media vuelta y vi que le había dado a Devin en la misma cabeza.

—¡Me asustaste! —dije.

—Estamos iguales, porque tú me asustaste a mí también.

Me tuve que reír. Las únicas dos veces que había visto a Devin, había gritado. Los gritos hubieran estado justificados si él tuviera el aspecto de uno de esos motociclistas acabados de salir de la cárcel, pero Devin parecía inofensivo, especialmente con una cosa rosada chorreándole por la cara.

Se la limpió con el dorso de la mano.

—¿Qué es esto? —dijo—. Tiene una peste horrible.

—Yogurt de cerezas. Bueno, lo fue en algún momento.

—Qué asco —dijo, haciendo una mueca—. Me lo merezco por andar espiándote.

—Estoy de acuerdo —respondí.

—¿Tengo que dejarme esto en la cara para que todo el mundo sepa lo que hice o puedo pasar al baño?

No tenía autorización para dejar entrar a los clientes al baño, pero en este caso, era diferente. Yo tenía parte de la culpa. Lo guié por el almacén hasta la parte de atrás de la tienda.

El baño es del tamaño de una cabian telefónica. Parece aún más pequeño porque está lleno de cajas que no cabian en otro lugar. Quise quitarlas para que Devin tuviera más espacio, pero él me siguió hasta adentro. Cuando quise salir, me encontré atascada frente a frente con Devin en un espacio muy reducido. A él le pareció romántico.

Era una situación muy incómoda. Tenía las cajas en los brazos y no podía moverme.

Devin me sonrió y dijo:

—¿Y ahora qué?

No sabia qué era exactamente lo que queria decir, pero no intenté averiguarlo.

—Tienes razón, esa cosa no huele bien —le dije, lo que hizo que se alejara un poco y aproveché para escurrirme.

—Por favor, cuando termines, deja la ventana abierta.

Cuando salí, Chris Cooper, uno de los choferes de *Diamond Taxi,* estaba esperando en el mostrador. Compró una barra de *Jersey Milk*, y se quedó conversando un rato. Es una persona muy agradable, así que no me importó.

Cuando Devin salió, limpio y muy peinado, Chris ya se había ido a recoger a un cliente y yo estaba limpiando los estantes.

—¡Ah! —dijo, tratando de asustarme.

—No me hace ninguna gracia —le dije.

—Me tengo que disculpar además por otra cosa —dijo un poco apenado—. Aunque no lo creas, ésa es la única razón por la que vine hoy. Para disculparme por lo de anoche.

—No tienes por qué.

—Sí. Fui, en realidad, un desagradable. No debía haber tomado el dibujo.

—No tiene importancia.

—Tengo una excusa —dijo—. Estaba cansado. Había estado haciendo autoestop por una semana y estaba nervioso pensando que iba a ver a mi padre otra vez. Entonces, me encuentro con una chica bonita y actúo como un perfecto cretino.

—No tiene importancia —dije otra vez—. No te preocupes.

Lo que yo quería era que no hablara más de eso.

—Para mí sí es importante; por eso te compré esto.

Sacó una cosa del bolsillo de la chaqueta. Era una caja de lápices pastel. Lápices franceses y muy caros. Los puso en el mostrador. No podía creerlo.

Dije que no con la cabeza. Eso no estaba bien.

—No, no puedo aceptarlos —los empujé hacia él—. ¡Son muy caros!

—Eso no debe preocuparte —me respondió—. El dinero no es un problema para mí.

Miré su chaqueta vieja y medio raída, y él se dio cuenta.

—En realidad no lo parece —dijo riéndose—, pero es la verdad. Tengo mucho dinero. De hecho, ésa es la razón por la que vine a este pueblo. Quiero decirle a mi padre que acabo de firmar un contrato con una compañía disquera.

—¿De veras? —creo que mostré poco tacto al parecer tan sorprendida.

—Sí. De veras. Me imagino que Tom se alegre de saber que soy una persona de éxito.

Le puso comillas en el aire a la palabra *éxito*, moviendo los dedos índices y del medio de ambas manos, e hizo un gesto con los ojos como diciendo *¿te imaginas?*

—De hecho, iba a ir a su casa, pero... —dijo, levantando los hombros—, me acobardé. Decidí ir a la ciudad, en su lugar, y comprarte esto.

Movió la caja de lápices hacia mí.

—Vamos, tómala, me di el viaje sólo por ti.

Respiré. Miré a la caja. No sabía qué hacer. Me dio pena por él. No podía aceptar el regalo y no quería herirlo. El pobre había tenido un día de perros.

—Muchas gracias —dije—. Es muy amable de tu parte, pero no, quédate con ella.

—No. Yo no la quiero —dijo—. Yo me compré algo aún mejor.

Sacó del bolsillo la cámara digital más pequeña que había visto en mi vida.

—Increíble, ¿no?

Caminó alrededor del mostrador para mostrarme lo que la cámara era capaz de hacer. Me tuve que acercar para poder ver.

—No te muevas —me dijo.

Alargó el brazo y tomó una foto de nosotros dos. El *flash* me sorprendió. Me reí.

—Quedaste perfecta. El pelo te queda muy bien así.

—Ay, no seas mentiroso —le dije.

Dio un respingo.

—¿Me llamaste mentiroso? —dijo con expresión de loco.

—Yo...yo quise decir que mientes sobre mi pelo. Está sucio y despeinado. Luce horrible. No era mi intención hacerte sentir mal.

Se rió. Su cara volvió a la normalidad, como si nada hubiera pasado.

—No me siento mal. No estoy enojado. Sólo bromeaba. Pero pienso que tienes un pelo muy bonito. Mira —dijo, enseñándome la foto.

En la foto, él tenía un brazo sobre mis hombros y me sonreía. Yo estaba sonriendo también.

—¿Ves? Estás preciosa.

No quise decirle otra vez que era un mentiroso. Sólo sonreí y le dije:

—¡Ay! Son casi las doce. Tengo que cerrar la caja y prepararme para ir a casa.

—Si quieres te puedo ayudar. Puedo barrer o hacer cualquier otra cosa.

No tuve tiempo para contestarle. Vi un auto que doblaba desde la autopista.

Un Impala de 1985.

Lo único que me faltaba era que Leo me agarrara conversando con Devin.

Capítulo cuatro

—¡Mi novio! —dije. Creo que me puse completamente pálida.

—¿Te sientes bien? —me preguntó Devin.

Miré por la ventana. Gracias a Dios, Leo tuvo problemas con los cambios del carro, lo que me dio un par de minutos para pensar en lo que iba a hacer.

—Estoy bien —dije, pero mentía. Me estaba muriendo.

Escuché cómo Leo apagaba el carro. Me entró pánico.

—¡No dejes que te vea! —le dije a Devin.

—¿Por qué? —me preguntó.

Le di un empujón.

—¡Te tienes que ir!

No tenía tiempo de darle explicaciones. No era importante en ese momento. Devin me miraba sonriente como si él y yo supiéramos de qué se trataba.

—Ah, ya me doy cuenta —dijo.

Escuché la puerta del carro cerrarse.

—¡La ventana del baño! —dije lo más bajo posible—. ¡Sal por la ventana del baño!

Devin me hizo un guiño y se agachó detrás del anuncio de *Pringles*. Oí el chirrido de la puerta al abrirse. Escondí los colores debajo del mostrador e hice como que estaba arreglando los billetes de la lotería.

No sé cómo Leo no vio a Devin. Pero no lo vio. Pasó justo por al lado del anuncio y le dio un toquecito al timbre que estaba en la caja registradora. Levanté la vista. Me sonrió a medias y yo me derretí por dentro.

—Hola —me dijo. Estaba de espaldas a la tienda. No podía ver que Devin estaba de pie y me saludaba con la mano. Me entraron ganas de matarlo.

—Viniste —no quería sonar tan fría, pero no podía evitarlo. Estaba aterrada.

—Yo siempre vengo a buscarte —dijo Leo—. Soy un estúpido, pero siempre vengo a buscarte.

Di media vuelta. Parecería que estaba aún enojada, pero en realidad estaba tratando de hacerle señas a Devin para que saliera y no fuera descubierto por Leo.

Leo suspiró. Vi cómo su sombra se caía de hombros.

—Mira. No te culpo por no querer hablarme. Lo admito, soy un idiota, un cretino, y me porté como un niño de dos años. Tengo problemas con los celos. Tengo problemas de autoestima, pero ¿qué quieres? Soy un tipo como otro cualquiera. A veces no sé cómo decirte

—respiró profundamente—, que tengo... miedo. No quiero que te vayas. No quiero que me dejes. Y sé que si sigo portándome así me vas a dejar.

Leo levantó los brazos.

—¡No sé qué más puedo decirte! Perdóname, Frances —supe lo mal que se sentía, porque siempre me llamaba Frank.

Podía ver a Devin detrás, burlándose de Leo. Se frotaba los ojos con las manos como si estuviera llorando y fingía sollozar. Si Leo lo descubría, no me iba a hablar nunca más.

Nunca tuve tanto miedo en mi vida. Apreté los dientes para que no me castañetearan. Leo me miraba extrañado de que me mantuviera firme por tanto rato. Generalmente él sólo tenía que mirarme con sus ojos color avellana y yo me rendía a sus pies.

—A lo mejor esto no significa nada, pero te traje un regalo— me dijo. Trató de meter la mano en el bolsillo e hizo una mueca de dolor. Tenía los nudillos rojos e hinchados—. Creo que la pizarra del carro tiene que ser más suave si voy a utilizarla de *punching bag*.

Trató de nuevo de meter la mano en el bolsillo pero no pudo.

—¿Puedes hacerme el favor?

Asentí. Pero en realidad le decía que sí a Devin que en puntillas me señalaba que se dirigía al baño.

Leo levantó el brazo y yo metí la mano en su bolsillo. Devin hizo como que estaba escandalizado con mi conducta y movió el dedo índice varias veces en señal de desaprobación, cuando chocó con un estante. Me puse tensa al oír el ruido. Leo intentó voltearse. Tenía que hacer algo, y rápidamente le agarré la cara a Leo con mi otra mano y lo besé en la boca.

En ese momento Devin salió de la tienda sin ser visto.

Yo regresé con Leo.

Me regaló otra caja de lápices pastel.

Capítulo cinco

La caja de lápices que Leo me habia regalado era de la tienda donde todo cuesta un dólar, pero significaba mucho para mí. Yo sé que, aun no queriendo que yo fuera a la escuela de arte, me había dado algo que me iba a ayudar a conseguirlo.

Para agradecérselo, decidí hacerle un cuadro. Ese día, martes, en mi hora libre, me senté detrás de la escuela e hice un boceto del equipo de fútbol, mientras practicaba (Leo es un atleta y ése es el tipo de cuadro que le gusta).

El dibujo era un verdadero desastre. Sí, los lápices significaban mucho para mí, pero eran de pésima calidad. Se rompían. El color se corría mucho, o cuando yo quería que se corriera, no lo hacía. No tenía ningún control sobre lo que me salía en el papel. Era frustrante.

Estaba a punto de guardar mis cosas cuando sentí que me tiraban unas piedrecitas.

—¡No te asustes! —me dijo una voz.

Di media vuelta y vi a Devin que se me acercaba en puntillas.

—No te muevas…tranquilita.

Era simpático. Actuaba como si yo fuera un animal salvaje que lo podía atacar a cualquier momento. No pude evitar reírme.

Se sentó a mi lado.

—¿Qué estás haciendo aquí? —me preguntó.

—Ésta es mi escuela.

—¡No lo sabía!

—Solamente hay un *high school* en todo este pueblo. No tengo otra opción —dije—. Pero en cambio tú, ¿por qué vienes a la academia Lockeport Rural, si no tienes necesidad?

Levantó los hombros.

—¿Qué otra cosa se puede hacer aquí?

—Tienes razón.

—Además de dibujar, me refiero.

Miró mi dibujo. Yo, en realidad, no quería enseñárselo a nadie. Y muy particularmente éste. No quería que lo viera. Lo cubrí con los brazos.

—No vamos a empezar con lo mismo —dije.

—Comprendo. Ésa es la razón por la que te enojaste conmigo cuando te conocí —contestó.

—Exactamente.

—Bueno, no voy a mirar tu dibujo si me prometes decirme algo —me dijo con una sonrisa estudiada y forzada.

—De acuerdo —dije—. ¿Qué?

Un trabajo sin futuro 35

—¿Por qué usas esos lápices tan malos?

Traté de no darle importancia a su pregunta.

—No sé —mentí.

La verdad es que tenía vergüenza de admitir que me los había regalado mi novio. Tenía vergüenza de admitir que me gustaba un chico que no sabía la diferencia entre una caja de lápices de $2 y una de $50. Era la dura verdad.

—¿Por qué no usas los que te regalé? —me preguntó—. Tu mamá me lo agradecerá.

—¿Mi mamá? ¿Qué tiene que ver mi mamá con esto?

Señaló para mi brazo. Cuando habia tapado el dibujo, me habia los lapices manchado la manga de la camisa. ¡Y era blanca! El dibujo estaba peor. Ahora estaba lleno de manchas violetas y doradas sobre el fondo verde.

Le di el dibujo.

—Puedes mirarlo todo lo que quieras.

—Qué interesante —dijo, hablando con acento alemán—. Puedo ver la pasión. Puedo ver el fuego. Oh, perdón —le dio la vuelta al dibujo—, ¡lo tenía al revés!

De pronto le cambió la expresión de la cara.

—¿Sabes qué? —dijo ahora con voz normal—. Esto hay que mejorarlo. ¿Me dejas? —dijo, y tomó el lápiz negro de mi mano.

—Me da igual —le contesté—. Ya no tiene arreglo.

Comenzó a dibujar. Se inclinó sobre el papel para que yo no viera lo que hacía. Después de un rato dijo:

—Ahora está mejor. Mucho mejor. ¿Qué te parece?

Cuando lo miré, tuve que reírme. Devin había conectado con una línea todas las manchas moradas que habían sido pelotas de fútbol y las había convertido en un conejo negro con ojos rojos. La parte azul, que había sido el entrenador Isnor, era ahora el rabo del conejo.

—Definitivamente está mejor. Sólo le falta una cosa —dije.

Entonces le agregué una garras sanguinolentas.

—¡Wunderbar! —dijo con acento alemán otra vez—. Tú y yo juntos vamos a revolucionar el mundo del arte.

Me dio el dibujo diciendo:

—Su firma, por favor. Eso hará que el valor de este cuadro aumente en el mercado internacional.

Lo firmé con color morado. Él firmó en rojo.

—Lo voy a guardar para siempre —dijo con ojos soñadores.

De pronto me di cuenta de que a mi mejor amiga en todo Lockeport, y otra aficionada al arte, podría gustarle Devin. No era feo y pensé que ella entendería su extraño sentido de humor. Se me metió en la cabeza empatarlos.

Grave error.

Capítulo seis

Esa tarde le hablé a Kyla sobre Devin. No le mentí exactamente, pero omití los detalles desagradables. De nada serviría que le mencionara que, desde la primera vez que lo conocí, pensaba que Devin era un poco extraño. Eso le haría pensar que yo le estaba pasando lo que no me interesaba. Tampoco tenía que contarle sobre los lápices de color. No quería que llegara a oídos de Leo que otros chicos me estaban haciendo regalos.

Le hablé sobre Tom Orser y el contrato con la compañía disquera además del interés de Devin por el arte. Kyla dejó de dibujar por un momento.

—¿Es muy feo? —me preguntó. Ya había pasado por una situación semejante y tenía sus sospechas.

—Nada feo —le respondí.

—Bueno, estonces estoy interesada —dijo—. "Nada feo" quiere decir que es más lindo que el 97 por ciento de los chicos de este pueblo.

Ahora mi problema era encontrar a Devin. No tenía su teléfono y tampoco sabía dónde se quedaba.

Resultó que no tuve que hacer ningún esfuerzo para buscarlo. Me lo encontré al día siguiente.

Yo estaba en la biblioteca pública, leyendo muy cómodamente en una silla, cuando se me acercó.

—Frances, ¿qué haces aquí? —miró el libro que yo estaba leyendo y movió la cabeza en señal de incredulidad—. No me lo vas a creer.

Tenía un pedazo de papel en la mano con un número de folio y el título de un libro: *Casas inusuales: el uso del adobe a través del tiempo*. Era el mismo libro que yo estaba leyendo.

—Increíble. Las grandes mentes piensan parecido ¿no? —dijo.

Yo sonreí. Tuve que admitir que era una coincidencia. Nunca había oído hablar de ese libro antes. Lo había escogido porque me pareció interesante. Y allí estaba Devin, buscando el mismísimo libro.

—¿Lo vas a acaparar —preguntó— o podemos compartirlo?

—Compartirlo, creo.

Y ¿por qué no? No me parecía buena idea que Leo nos encontrara juntos, leyendo un libro. De seguro le molestaría, pero como él nunca visitaba la biblioteca, pensé que no tenía de qué preocuparme. Además, quería aprovechar la oportunidad para hablarle sobre Kyla.

Devin puso una silla al lado de la mía y hojeamos el libro juntos. Parecía conocer bastante de construcción, arquitectura y de gente que construía casas inusuales. Era interesante. Me gustaba aprender cosas nuevas. Perdí el sentido del tiempo. De pronto me di cuenta de que eran casi las cinco. Me levanté de un salto.

—¡Ay! —dije—. ¡Me tengo que ir!

Me agarró por el brazo.

—No te vayas. Quédate hasta que lleguemos por lo menos al siglo XX.

—No puedo —dije, zafándome de su mano—. Tengo que ir a la práctica de *hockey* de Leo.

—Eso suena divertido —dijo.

Por un momento me dio miedo que me fuera a decir que quería venir conmigo.

—Estaba jugando —dijo, tocándome con el codo—. ¿De verdad prefieres sentarte en una pista fría en vez de en una biblioteca calentita y agradable?

Por supuesto, mi respuesta era un rotundo no, pero no lo dije.

—Le prometí que iría.

Metí todas mis cosas en la bolsa y ya me iba a marchar. Tenía dos minutos para llegar a la pista de *hockey*, pero me detuve. No quería perder la oportunidad de empatar a esos dos.

Di media vuelta y le dije:

—Oye, ¿quieres ir a almorzar mañana?

—Sí, seguro. ¡Chévere!

Le iba a decir lo de Kyla, pero pensé que podía ahuyentarlo. Parecía un poco tímido, a pesar de sus rarezas.

—¿Sabes dónde queda la cafetería *D'Eon*? —le pregunté.

—¿Ese lugar de comida grasosa que queda al lado de la planta de pescado? ¡Me encanta ese lugar! ¡Tiene onda del año 1962!

—Perfecto. Nos vemos mañana a las 12:30.

Devin tenía razón. Cuando entrabas en *D'Eon* parecía que era el año 1962. Estoy segura de que la decoración y la ensalada eran de esa época. Pero a Kyla y a mí nos gustaba ese lugar. A nadie de la escuela se le ocurría ir tan lejos a la hora del almuerzo y la sopa de almejas era, de verdad, muy buena.

Kyla y yo llegamos a las 12:15 para sentarnos en un buen lugar junto a la pared. Yo me senté de frente a la puerta. Los respaldares de los asientos eran tan altos que todo el tiempo tenía que sacar la cabeza para mirar al pasillo en caso de que Devin llegara.

Kyla estaba nerviosa.

—¿Me veo bien? —me preguntaba.

Tenía puesta su usual ropa de segunda mano, que en realidad, no pegaba. Tenía una cosa atada alrededor del cuello. Y el pelo era una locura, bueno, en el buen sentido de la palabra.

—Estás fabulosa, querida —dije—. ¡No te preocupes!

Kyla se acomodó los crespos en la parte de arriba de la cabeza, para que no se le aplastaran.

—Tengo mis dudas, esto parece ideal. Un chico con dinero, artístico, musical, bien parecido. ¿Cuándo en la vida voy a encontrar una cosa así aquí en Lockeport?

Me sentí mal. Pensé que debía haberle dicho la verdad sobre Devin. No le iba a servir de mucho pensar que él era demasiado bueno para ella. Pero ya no tenía tiempo de cambiar las cosas. Devin entró por la puerta con una bolsa grandísima en la mano. Venía sonriendo hasta que vio a Kyla.

La miró como si hubiera visto un cadáver en estado de descomposición. Literalmente, dio un salto.

Qué situación tan desagradable.

Traté de reír, como si todo fuera un juego, y dije:

—Kyla, te presento a Devin.

—Hola, mucho gusto en conocerte —dijo Kyla.

Pude ver en su cara que en realidad no le gustaba nada.

—Hola —dijo Devin.

No nos miró. Sostuvo el paquete contra su pecho y miró alrededor. Estaba intranquilo.

—Oh, discúlpenme. Sólo vine a decir que no puedo quedarme. Perdón. Disfruten de su almuerzo. Hasta luego.

Y se fue.

Sonreí lo mejor que pude y miré a Kyla.

—Bueno —dije—, creo que las cosas no salieron muy bien que digamos, ¿qué crees?

—No, maravilloso. Creo que nos caímos bien —dijo, agarrando su cartera y levantándose.

Me pareció que estaba a punto de llorar.

—¡Kyla! —la llamé.

Se levantó y me echó una mirada de odio.

—Hazme un favor —dijo—. No trates nunca más de buscarme parejas. ¿Crees que me muero por tener a alguien?

Traté de pedirle perdón, pero ella le había dado rienda suelta a su ira. Todos los hombres de la planta de pescado nos miraban.

—¿Qué estabas pensando? —me gritó en la cara—. Oh, ya sé. Él es un loco, pero un loco sin novia. Es perfecto para Kyla. Muchas gracias por pensar en mí, Frances.

No tenía cómo detenerla. Salió de la cafetería como un cohete. Ni siquiera se detuvo en el mostrador para tomar un puñado de caramelos de menta como siempre hacía.

Todo el mundo volvió a concentrarse en la comida. Yo me quedé allí con los ojos fijos en los asientos rojos. Kyla tenía razón. ¿Cómo pudo habérseme ocurrido? Debía haber confiado en mi primer instinto, el que me decía que Devin era alguien a quien había que mantener a distancia.

Capítulo siete

Salí derecho a la escuela. ¡Me sentí tan mal! Cada vez que tenía un problema, generalmente podía hablar con Leo o con Kyla. Pero esta vez, estaba, sin duda, sola.

Doblaba en la calle *Pleasant Point* cuando vi a Devin, que se me acercaba a toda velocidad. No parecía estar muy contento.

—¿Qué significa todo esto? —me dijo.

—¿Qué? —le dije, a pesar de que no quería que me lo dijera.

—¿Cómo se te ocurre traer a esa chica para almorzar con nosotros?

No sabía qué decirle. No me pareció el mejor momento para admitir que yo estaba tratando de empatarlos. Me quedé de una pieza. Dije algo entre dientes sobre lo buena que era la sopa de almejas de la cafetería *D'Eon*.

—¡No sé qué es lo que te pasa! Tú y yo la pasamos bien juntos. Bueno, creo. Finalmente pienso que nuestra relación está evolucionando, llego para nuestra gran cita, ¡y a ti se te ha ocurrido traer a una amiga! ¡No lo puedo entender!

¿Es eso lo que él creyó? ¿Que ésa era una cita entre nosotros? Quería morirme. ¿Por qué no le había hablado de Kyla desde el principio?

—Escúchame. Lo siento, Devin —dije—. No fue mi intención confundirte. Yo pensé que sabrías que era sólo —traté de decírselo de la mejor manera— ...un

Un trabajo sin futuro

almuerzo entre amigos. Tú *sabes* que yo tengo novio.

—¿Ah, sí? —dijo—. Leo. ¿Es tu novio? ¿Ése al que le tienes tanto miedo?

—Yo no le tengo ningún miedo —contesté.

—Eso no es lo que parecía la otra noche —me hablaba casi gritando.

—Lo único que yo quería era que no te viera allí. Eso es todo.

Sonó un poco estúpido.

—¿Eso es todo? ¿Puedes explicarme?

—En realidad, yo...yo no quería que Leo se fuera a imaginar algo.

Devin se rió.

—¿Algo? ¿Como si hubiera algo entre tú y yo? ¿Quizás una atracción mutua?

—Sí —dije.

—Ése es el problema, Frances. Leo no se iba a imaginar algo. Leo iba a "darse cuenta" de algo. Nos sentimos atraídos uno al otro. Lo sabes perfectamente, al igual que yo.

No sabía qué responderle. No quería hacerle sentirse mal. No quería decirle que no me gustaba en lo mínimo. No quería ser cruel.

Sólo le dije:

—Devin, lo siento, pero las cosas no son como tú piensas. Yo amo a Leo.

—¡Por favor! —dijo—. Deja ya de engañarte a ti misma. Yo no sé qué poder ejerce ese tipo sobre ti. ¡Ustedes no tienen nada en común! A ti y a mí nos gustan las mismas cosas. Nos hacen reír las mismas cosas. ¡Y hasta escogimos el mismo libro! Leo y tú, no creo que se pongan de acuerdo ni para ver una película.

—¿De qué rayos estás hablando? —le dije.

—Seguro te encantó *La batalla entre extraterrestres*. Tu tipo de película preferida, ¿no es así?

Sentí un escalofrío. Ésa era la película que Leo y yo habíamos alquilado la noche anterior.

—¿Me estuviste siguiendo? —casi no pude ni decirlo.

—¡Hazme el favor! —dijo Devin, como si yo lo acabara de insultar—. ¿Yo no tengo derecho de alquilar una película? ¿Yo no tengo derecho a ir a la única tienda de vídeos del pueblo porque tú estás allí?

—¿Y cómo es que no te vi? Ese lugar no es tan grande, después de todo.

Devin movió la cabeza de un lado a otro como diciendo "qué idiota eres."

—¡Frances —dijo—, te estaba haciendo un favor! Me escondí para que el troglodita de tu novio no nos encontrara juntos en el mismo lugar. ¿No es eso lo que debo hacer?

No le contesté. La situación estaba fuera de control. Cualquier cosa que dijera lo iba a enfurecer aún más. Lo peor de todo era que podía darme cuenta de lo que se traía entre manos.

Más o menos.

Hice que se escondiera de Leo. Le di conversación varias veces. Lo invité a almorzar. No había sido mi intención, pero era probable que le hubiera dado la impresión equivocada. A lo mejor no estaba tan loco en tener algunas esperanzas conmigo. Me sentí mal por él.

—Devin —le dije—, eres un buen chico. Eres simpático, inteligente, y estoy contenta de ser tu amiga, pero eso es todo lo que puedo ser. Leo y yo tenemos una relación más seria de lo que aparenta. Espero que lo comprendas.

Miró a lo lejos. Se hizo un largo silencio.

De pronto, se rió y dijo:

—Ah, claro que comprendo.

No pude explicarme las razones de su risa. No pude darme cuenta de si se reía porque estaba triste o irritado.

Le toqué el brazo.

—No lo tomas a mal, ¿verdad?

—Frances, sólo tengo buenos sentimientos por ti —dijo, y me puso la bolsa plástica en las manos—. Aquí tienes. Puedes leerlo en la primera página.

Miré dentro de la bolsa. Había un libro. Uno de esos libros preciosos sobre la historia del arte que se ponen de adorno en las mesas y que cuestan 80 dólares.

Traté de devolvérselo, pero no me dejó. Cuando se fue, abrí el libro en la primera página.

Había escrito: "Para Frances y el comienzo de nuestra larga y bella historia de arte. Con infinito amor, Devin."

Me dio un vuelco el estómago. Pobre chico. ¿Qué podía hacer yo? Sólo tener la esperanza de que su sentimiento se le pasara lo más pronto posible.

Capítulo ocho

Escondí el libro debajo de la cama. Llamé a Kyla y me arreglé con ella. Salí con Leo esa noche; fuimos a pescar al muelle. No pescamos nada. No me importó. Nos divertimos mucho. Estaba feliz de haber recuperado mi vida normal.

Por poco tiempo, solamente.

Al día siguiente llegué muy de mañana a la escuela porque tenía un examen. ¡Qué bien hice en ir temprano! La foto que

Devin había tomado de nosotros dos en la tienda estaba pegada en mi taquilla. La había agrandado a 8 x 10 y le había escrito "Gracias por el tiempo agradable que pasamos juntos. Besos y abrazos, Devin".

La arranqué de un tirón y la metí en el fondo de mi taquilla. Vaya falta que me hacía que Leo la viera. No quería que se volviera a poner celoso o que se enfureciera con Devin, que ya tenía bastantes problemas en la vida. Me pasé toda la mañana disgustada con el asunto de la foto. Casi no nos conocíamos. ¿Por qué Devin estaba creando un gran problema de todo esto? ¿Y cómo supo cuál era mi taquilla?

A medida que avanzaba el día, me sentí un poco más tranquila. Me había dado la foto, bueno, ¿y qué? No había escrito "Estoy locamente enamorado de ti". Sólo dijo que habíamos compartido un tiempo agradable. ¿Qué tenía eso de malo? Pensé que ésa podía ser una forma de despedida. Algo así como "gracias por los buenos recuerdos…"

Encontrar mi taquilla no era, en realidad, una cosa tan difícil. No tenía que hacer nada extraordinario, sólo preguntar. Alguien le podía decir fácilmente dónde estaba.

Una vez que lo analicé, me preocupé menos. Era triste, después de todo. El pobre estaba solo, y ésa era la razón por la que nuestra breve "relación" había significado tanto para él. Eso me hizo pensar en si se había llenado de valor para llamar a su padre.

Ese día, en la tarde, me encontré con Devin cuando tomaba un atajo a través del campo de béisbol. Parecía estar bien. Me sonrió y me elogió el suéter que llevaba, pero sin acercárseme mucho o acosarme. Sólo como amigos. Bueno, en realidad, como conocidos.

Le di las gracias por la foto. Dijo que pensó que me gustaría. Los dos asentimos y no supimos qué decir. Hubo una pausa incómoda. Casi me despedí, pero no quería parecer impaciente para salir de allí. No quería actuar como si lo odiara.

Entonces le dije:

—¿Llamaste a tu papá?

—Oh, ¿mi papá? —dijo—. Ah sí. Lo llamé.

—¡Qué bueno! ¿Todo bien?

—Tom es un hombre extraordinario —dijo y sonrió.

Yo también sonreí. Era posible que eso fuera lo único que necesitara para recuperarse.

—¿Extraordinario? —pregunté.

—Sí, ¡es un hombre muy honesto! —hizo una mueca que pareció una sonrisa—. Me dijo directamente que no quería saber más de mí. ¡Un hombre increíble!

Sonrió y movió la cabeza, mostrando incredulidad.

—Lo siento —le dije honestamente.

Devin trató de no darle importancia.

—No te preocupes. Ya estoy acostumbrado. En una misma semana dos personas diferentes me han dicho que no quieren verme más.

¡Qué sensación más horrible!

Capítulo nueve

Me sentí atrapada.

Estaba atrapada. ¿Qué podía hacer? Continuaba pensando "¡pobre Devin!" No podía actuar de manera que pensara que yo estaba interesada en él. No era estúpida, pero no podía hacerle daño ahora que estaba en baja. Tenía que ser generosa. Él no tenía a nadie más.

Me lo encontré durante toda la semana. Estaba en la biblioteca cuando fui a devolver unos libros. Estaba en la heladería cuando fui a comprar helado. Estaba en el puente cuando pasé en bicicleta. Todo el tiempo tenía que tener cuidado de no pecar de extremadamente amable. Era difícil. Cuando lo veía venir, quería desaparecerme, pero hacía un esfuerzo y trataba de sonreír. Ya estaba empezando a hacerse difícil la situación.

Ese viernes estaba yo en la tienda *Puntada a puntada,* comprando material para un proyecto de arte, cuando vi entrar a Devin. Me pareció extraño. ¿Qué hacía él en una tienda vieja y polvorienta que vendía retazos de tela?

—Sólo mirando —dijo—. ¿Qué otra cosa se puede hacer en este pueblo?

¿Cuántas veces lo había escuchado decir lo mismo? Era cierto, pero no dejaba de molestarme. Me tuve que morder la lengua.

—¡Tienes suerte! —dije en el mejor tono que pude—. Por lo menos tú te vas pronto.

—¿Qué es lo que dices? —me preguntó.

No quería recordarle lo que su padre le había dicho, pero eso fue lo que me pasó por la mente en ese momento. Así que dije:

—¿No tienes que ir a lo del contrato con la discográfica?

—Ah, sí. Quería comentártelo. Pero he tenido mis dudas. No estoy seguro de si quiero dedicarle mi vida a la música. Estoy metido en la fotografía. Pensé que era mejor quedarme aquí por un tiempo y dedicarme a eso.

—¿Vas a rechazar ese contrato?

Dijo que sí con la cabeza.

Sentí que el alma me bajaba a los pies. Eso era lo peor que podía pasar. A mí, porque Devin se quedaba, y a él, porque era la gran oportunidad de su vida, para desperdiciarla así. Había que estar loco para dejarla pasar.

Se lo dije.

—Tengo otras grandes oportunidades que son más importantes para mí en este momento.

No le pregunté a qué se refería. Sólo le supliqué que no cometiera el error de desaprovechar la oportunidad.

No me prestó atención.

Me dijo que ya había tomado la decisión. Iba a llamar a la compañía ese mismo día para darle las gracias por todo y decirles que no estaba interesado.

¡No podía dejar que eso sucediera! Iba a arruinar su vida, y también la mía.

Miré mi reloj de pulsera. Eran más de las 5:30 p.m. Tenía que irme a trabajar.

—Por favor, Devin. No hagas nada antes de hablar conmigo. ¿Está bien?

Sonrió. Levantó los hombros y dijo:

—Está bien. Me encantaría hablar contigo sobre eso.

Ahora sólo tenía que pensar qué era lo que le iba a decir.

Capítulo diez

Se me había hecho tarde. Había dejado la tarea en la escuela, pero no tenía tiempo de ir a recogerla. Tenía que correr hasta la tienda.

Después de todo, no me venía mal. Estaba tan tensa después de la conversación con Devin, que me haría bien liberar un poco de energía.

Cuando llegué, la señora Abdul estaba allí. Parecía hinchada y demacrada.

Un trabajo sin futuro

No estaba pasándola muy bien con el embarazo. Le dije que no se preocupara en ordenar la tienda, que podía marcharse. Yo me ocuparía de todo.

Llamé a Leo y le pedi que me recogiera la tarea de la taquilla. Entonces, me preparé para la hora más atareada del día en la tienda, la hora de la cena.

Una hora después, todos los paquetes de masa para hacer hamburguesas habían sido vendidos y estaba otra vez sola. Comencé a colocar la mercancía en los estantes y pensé en Devin.

No tenía la menor idea de cómo podía hacerle cambiar de parecer. Era un tipo verdaderamente raro. No lograba entenderlo. Retorcia todo lo que le decía. Sólo creía en lo que él quería creer. Me di cuenta de que cualquier cosa que yo dijera podía empeorar las cosas. Por un segundo pensé en presentárselo a mi madre. A lo mejor ella lo ayudaba a entrar en razones. Alguien tenía que hacerlo.

Escuché que alguien entraba a la tienda. Me incorporé y me dirigí al mostrador.

No podía creerlo.

Me sorprendió de tal manera que dije casi gritando: "¡Tom!" Nunca antes me había dirigido a él ni siquiera como "señor Orser." Me miró como si yo no estuviera bien de la cabeza.

—Hola, qué tal —dijo, y puso un paquete de pañales en el mostrador.

Los pasé por la caja registradora. Tenía que decirle algo, pero no sabía cómo o qué.

—¿Eso es todo? —dije, tratando de ganar tiempo.

—Sí —me contestó—. Eso es todo.

Me entregó el dinero. Ya iba a marcharse cuando le dije:

—En realidad, eso no es todo.

—¿Algo más? —me miró confundido.

—No, no...yo...disculpe —tragué en seco—. Bueno...

—Dígame —me dijo. No podía darme cuenta de si la situación le molestaba o estaba curioso.

Un trabajo sin futuro

—La verdad es que no debo de andar con rodeos. Voy a ir directo al grano —dije—. Usted debe hablar con su hijo.

Me limpié las manos en la falda. Estaban sudadas.

—¿Mi hijo? —dijo extrañado—. Yo creo que me has confundido con otra persona.

—¿No es usted Tom Orser?

—Sí, soy yo, pero no tengo ningún hijo.

Moví la cabeza de arriba a abajo.

—Devin me dijo que eso era exactamente lo que usted diría.

—¿Y quién es Devin?

Volví a hacer el mismo gesto.

—También me dijo que me preguntaría eso.

Me miró con incredulidad. Yo me quité el pelo de la cara y continué. Ya no había marcha atrás.

—Estoy segura de que usted tiene sus razones para no querer saber de él. Y eso no me concierne. Prometo no hablar de este asunto con nadie, pero usted debe hablar

con él antes de que él cometa una locura.
Es posible que a usted sí lo escuche.

Tom se rascó la barbilla y me miró.

—Por favor —le dije—, estoy preocupada por él.

—Puedo ver que realmente lo estás —dijo—. Y te agradezco tu preocupación, pero honestamente te digo que yo no tengo ningún hijo. Tengo cuatro hijas, he tenido dos esposas, pero ningún hijo.

Tuve una mala sensación. Dije: "Pero… pero…"

—Pregúntale a todo el mundo —dijo—. Hazlo, ya verás.

Recogió su paquete de pañales.

—Y si te enteras de que tengo un hijo, por favor, llámame. Me quiero enterar de esas cosas.

Sonrió y se fue.

El resto del tiempo lo pasé en una nube. Tom no parecía haber mentido. Y tampoco parecía ser el padre de Devin. Era de piel oscura y gordo. Devin era pálido y flaco. No estaban emparentados. Estaba segura.

¿Lo estaba en realidad?

Yo no me parezco a mis padres. Me parezco a la mamá de mi papá. Un caso clásico de salto generacional. Es posible que ése fuera el caso de Tom y Devin.

Pero había otra cosa que no me parecía bien. No podía creer que Devin inventara semejante mentira. Si yo digo una mentira, las orejas se me ponen rojas enseguida. Cuando Leo miente, empieza a rascarse la nuca. Si Kyla lo hace, se muerde los labios. Es fácil saber cuando alguien está mintiendo. Devin me miró a los ojos y me dijo que Tom era su padre. Y ni siquiera pestañeó.

¿Quién era el mentiroso, Devin o Tom?

¿Era yo estúpida?

No tenía la menor idea.

Ya era media noche. El señor Abdul llegó para cubrir el turno de la madrugada, y aún no había ni señales de Leo. Estaba empezando a preocuparme, cuando se apareció Chris Cooper, uno de los choferes de *Diamond*, la compañía de taxis.

—Leo me pidió que te recogiera —dijo—. Vamos, te llevo a casa.

Pensé que Leo tendría poblemas con la transmisión otra vez, pero cuando me senté en el taxi, Chris me entregó un paquete. Era la tarea que le había pedido a Leo que me recogiera y también la foto de Devin y yo, con una nota de Leo que decía:

De ahora en adelante, arréglatelas sola para ir a casa.

Capítulo once

Esa noche no pude dormir. Ni hice el esfuerzo. Estaba triste y también enojada. Estaba totalmente confundida. No podía creer en el lío en que me había metido. Sólo por tratar de ser amable.

Encendí la computadora. Iba a averiguar la verdad sobre Tom y Devin.

Busqué a Tom en Google. Había muchísimas entradas y todas decían lo mismo. Tom Orser se casó con Marlene

Nowlan en 1970. Tuvieron dos hijas, Jessica (nacida en 1972) y Vivienne (nacida en 1974). Marlene murió de cáncer de mama en 1992. Tom se casó con Cindy Schulz en 1995. Tenían las dos niñas que yo conocía.

Me quedé mirando la pantalla. No podía creer lo idiota que era. Le había creído a Devin todo lo que me había dicho.

No tenía forma de saberlo con certeza, pero estaba segura de que lo que me había dicho del contrato con la compañía discográfica era también mentira. Apuesto a que todo lo que habló en la biblioteca sobre arquitectura fue inventado y, seguramente, él no tenía la menor idea sobre construcción o música o arte.

Estaba indignada. Indignada por la forma en la que me había usado, había jugado con mis sentimientos y hasta me había hecho sentir pena por él. Me sentí como una verdadera imbécil.

Quería hablar con Leo. Decirle que sentía mucho lo ocurrido. Decirle lo que

Devin había hecho. Sabía que si le explicaba lo sucedido, me perdonaría.

No podía llamarlo en ese momento, pero podía escribirle una carta.

Hice clic en el ícono de *e-mail*. Se demoró una eternidad en abrir. Había algo que se estaba descargando. Tuve la esperanza de que fuera de Leo.

No.

Era de Devin. Me había enviado algunas de las fotografías que había estado tomando últimamente.

En todas aparecía yo. Caminando a la escuela. Rastrillando las hojas del jardín. Dibujando sentada en la playa. Jugando con mi perro. Comprando un nuevo cepillo de dientes.

Les había escrito pies de foto estúpidos. "Tu belleza me inspira." "Bella en rosa." "Déjame ser tu mascota."

Me entraron ganas de vomitar. ¿Cómo consiguió mi correo electrónico? ¿Cómo supo dónde estaba mi casa? ¿Cómo pudo fotografiarme en la farmacia?

Entonces me di cuenta. Me había estado siguiendo. No fue pura coincidencia que me lo encontrara en todas partes. Y no era coincidencia que todas las veces estuviera yo sin Leo.

De pronto me entró una sensación de pánico. Mi mente voló por todas las cosas que yo había hecho durante las dos últimas semanas. ¿Qué había visto él? ¿Estuvo escuchando mis conversaciones? ¿Vio lo que Leo y yo hicimos en el carro? ¿Me estaba mirando en aquel momento?

Se me pusieron los pelos de punta. Corrí a cerrar las cortinas. Recorrí la habitación con la vista. Podía estar dentro de la casa. Quería correr escaleras abajo hasta la habitación de mis padres como una niña pequeña que ha tenido una pesadilla. Pero el miedo no me dejaba ni hacer eso.

Me quedé sentada, temblando.

Qué tonta era. Devin no podía estar dentro de la casa. Mi padre no había ido al trabajo porque estaba enfermo. Nadie hubiera podido entrar sin que él lo viera. Estaba segura.

Me dije lo mismo varias veces. Tenía que relajarme, pero a las cuatro de la mañana, todo daba miedo. Finalmente, me controlé y pude enviarle un mensaje electrónico a Leo. Sólo una nota. Estaba tan nerviosa, que eso fue todo lo que pude hacer. Escribí: "Sé que las cosas no lucen bien, pero no son lo que estás pensando. Déjame explicarte lo que pasa. Llámame. Te amo, Frank."

Me acosté a dormir.

Con las luces encendidas.

Capítulo doce

Lo primero que hice cuando me levanté al día siguiente fue revisar mis mensajes. Leo no me había contestado. Lo llamé. Su mamá me dijo que todavía estaba durmiendo. Me pude dar cuenta, por el tono de su voz, que sabía que algo pasaba. Estaba muy fría, aunque yo nunca le había caído bien. Le pedí que le dijera a Leo que me llamara cuando se despertara.

Estaba en la cocina, de un humor de perros, cuando entró mi papá. Me preguntó cuál era mi problema. Casi le cuento lo de Devin y lo del *e-mail* con las fotos, pero cambié de idea. Mi papá no estaba muy entusiasmado con la idea de que el año próximo me fuera sola para la universidad. Pensaba que no estaba lista para dejar la casa y que no sabía cuidarme a mí misma. Y en una gran ciudad, mucho menos. Lo de Devin empeoraría las cosas. Le dije, "nada." Me imagino que pensó que tenía un mal día.

Llamé a Kyla. Su hermano me dijo que estaba cuidando a los niños de los Haney. Creía que los había llevado a la playa, a *Crescent Beach*. Agarré un suéter y me fui a buscarla. Necesitaba hablar con alguien.

No debí sorprenderme de encontrar a Devin en el camino. Ya sabía lo que estaba haciendo, pero de todas maneras me sobresalté cuando salió de detrás del monumento a los héroes de la guerra.

Dijo:

—Hola, Frances —como si fuera una gran sorpresa que nos hubiéramos encontrado—. ¿Recibiste las fotos que te mandé?

Dije que sí con la cabeza. No pude hacer otra cosa. Estaba paralizada de la rabia.

—¿Piensas que tengo talento para la fotografía?

Me tomó varios segundos poder decir palabra.

—Sí, ya creo que tienes talento, para mentir.

Me miró entre consternado y en estado de *shock*. Me imaginaba que iba a decir "Yo jamás..." como una de esas millonarias de las telenovelas.

No lo dejé hablar.

—No intentes negarlo. Hablé con Tom y no tiene la menor idea de quién eres. Busqué en Internet y no apareces por ningún lugar. Ni tú ni todas esas otras mujeres de las que me hablaste. ¡Eres un mentiroso!

Devin se echó a reír. Huy, que indignación me dio.

—¿De que te ríes? —le dije.

—De que eres una ingenua —dijo—. ¿Crees todo lo que aparece en Internet? ¡Por supuesto que Tom lo niega! ¡Está claro que guarda el secreto! Así se queda con todo el dinero y no tiene que pagar una pensión. Ni un centavo. Imagínate lo mal que luciría alguien en su posición. ¿Crees que hubiera podido construirse esa mansión si hubiera tenido que pagar manutención?

Hablaba sin parar, diciendo lo primero que le venía a la cabeza. Inventando más historias. ¿Qué pensaba él, que yo era una idiota?

—No hables más —le dije—. No te creo.

—¡Ah!, ¿pero le crees a Tom? —dijo, elevando los brazos—. ¿Por qué todas las mujeres se enamoran de ese tipo?

—¡Cállate la boca! —no me pude aguantar—. ¡Para ya de actuar! No te creo ahora ni creo nada de lo que me has dicho de Tom, ni del contrato con la casa disquera, ni del estado del tiempo. Nada. No quiero escucharte más. No quiero verte más. ¡Y para ya de seguirme! ¡Vete a tu casa!

—Ahora vivo aquí —dijo, y comenzó a hablar como si fuera un ministro de la iglesia bautista, con paz y calma.

—Devin —le dije—, hablo en serio. Regresa a tu casa. Necesitas ayuda.

—Te necesito a ti —dijo, tratando de agarrarme la mano—, y algún día te darás cuenta de que tú también me necesitas a mí.

Di un manotazo para que no me agarrara.

—¡No me toques! —le dije—. Si te me acercas, voy a gritar.

Hizo un sonido con la lengua como diciendo que yo era una niña tonta.

—¡No estoy jugando! —le dije—. No me toques, no me llames, no me sigas. ¡Olvídate de que nos conocimos!

—¡No puedo! —me contestó.

Me dieron ganas de darle una bofetada para borrar la estúpida sonrisa de su cara.

Un trabajo sin futuro

—Claro que puedes —le dije—. ¡Yo ya lo hice!

No era verdad, pero me pareció la mejor manera de terminar nuestra conversación.

Salí de allí.

El corazón me latía a toda prisa. Estaba temblando, pero a la misma vez, me sentía bien. Sentí que había hecho lo que tenía que hacer. Finalmente me había librado de él.

No traté de buscar a Kyla. Estaba desesperada por ver a Leo. Estaba lista para hacer algo que debía haber hecho hacía varias semanas. Le iba a decir toda la verdad sobre Devin y luego le iba a pedir perdón una y mil veces hasta que me perdonara.

Busqué en todos los lugares donde podía estar: su casa, el gimnasio, la escuela, la heladería *Dairy Maid*, el campo de fútbol, la casa de su abuela, en todas partes. Ni sombra de Leo. Le dejé con todo el mundo el mensaje de que me perdonara. No me importaba hacer el ridículo, lo único que me importaba era que volviéramos a estar como antes.

Mientras más lo buscaba, peor me sentía. Estaba segura de que él me estaba evitando. No podía tomárselo a mal. Debió odiarme en cuanto vio esa foto. Todo el tiempo me la pasé diciéndole que no tenía motivos para estar celoso y de pronto aparece la maldita foto. Seguro se sintió como yo, un verdadero idiota.

Cuando llegué a casa, ya había perdido las esperanzas de encontrarlo. Entonces vi que habían dejado un paquete en la puerta de mi casa.

Era un ramo de rosas rojas envuelto en papel rosado. Tenía una de esas tarjeticas escritas a máquina que dan en la florería. Decía: "Todos hemos hecho cosas de las que después nos arrepentimos. Olvidémoslas. Besos, besos."

Yo estaba feliz.

Capítulo trece

Sonreí todo el camino al trabajo, pero en cuanto llegué, la sonrisa desapareció.

La señora Abdul estaba inclinada sobre el mostrador, gimiendo. El bebé iba a nacer. Estaba mal. Sudaba y de vez en cuando abría la boca como si fuera a gritar, pero no podía. Pensé que no quería nunca estar embarazada.

En dos minutos llegó el señor Abdul para llevarla al hospital. Me dijo que cerrara la tienda al final de mi turno porque él no iba a regresar esa noche.

Yo estaba asustadísima. Me sentí muy mal al ver a la señora Abdul con tanto dolor y temí que algo malo le pudiera suceder al bebé. No pude hacer nada. Caminaba de un lado para otro, preocupada, metiéndome el pelo en la boca. Sólo un par de clientes entraron en la tienda y el tiempo parecía no pasar.

Kyla me llamó y me hizo olvidar a la señora Abdul por un rato.

Ni siquiera dijo hola, sólo me preguntó:

—¿Dónde vive Devin?

—No sé.

—Pues yo lo sé —podía escucharla dando saltitos de emoción—. Por lo menos creo que lo sé. Mi papá fue a cazar con el tío Bill y se encontraron un carro viejo aparcado cerca de la torre de radio. Dijo que un chico flaco y pálido estaba dentro y que reaccionó extrañamente cuando le preguntaron qué hacía allí. Enseguida pensé ¡ése es Devin! ¿Quién más está tan loco como para meterse en el bosque en la época de caza?

—No me sorprende —dije—. Bueno, en realidad, sí. Devin me dijo que había hecho autoestop hasta aquí. ¿Por qué tenía que mentir sobre el carro? Creo que todo lo que ha dicho es mentira.

—Eso no es todo. Le dijo a mi papá que era biólogo y que estaba haciendo una investigación de terreno. Dijo que su Ford Fiesta de 1994 era su laboratorio rodante —dijo Kyla—. Hasta mi papá, que ha visto de todo, no se lo creyó. ¿Quién entiende a ese tipo?

—Yo no —dije—. No puedo. Por lo menos ya ni lo voy a intentar.

Entonces, se lo conté todo. Lo que encontré en Google, y las fotos que me envió, yo en la playa y otros lugares. Al principio tuve que aguantar algunos comentarios punzantes de Kyla, como "Ah, ya veo por qué pensaste que Devin era perfecto para mí," pero luego comprendió.

Le encantó la parte en que mandé a Devin al diablo. Se reía a más no poder. Aparte de mi hermano, nunca le había hablado así a nadie.

—Sí, Kyla, fue un día en que me pasaron muchas cosas por primera vez —le dije—. Mandé a Devin a freír espárragos y recibí un ramo de rosas de Leo.

—¿De Leo? —dijo Kyla—. Ahora sí sé que estás viendo visiones. Leo es muy bueno, pero mandar rosas no es su estilo.

—Bueno, lo fue hoy —le dije, casi cantando—. Hasta me envió una notita.

La recité de memoria: "Todos hemos hecho cosas de las que después nos arrepentimos. Olvidémoslas. Besos, besos."

—¿¡Besos, besos!? —dijo Kyla—. Tú sabes que Leo no diría "besos, besos."

—¿Por qué dices eso? —pero en realidad no tenía que preguntarle.

—¡Niña, despierta! —dijo con voz de vieja loca—. Esas rosas son de Devin.

Traté de negarlo. Discutimos. Pero yo sabía que tenía razón. En realidad, supe todo el tiempo que las flores eran de Devin. Pero no quería admitirlo.

Todo lo que quería era que ese tipo desapareciera de mi vida. Era como una mancha, una erupción o una verruga de la que no me podía librar. No sabía qué otra cosa podía hacer para lograrlo. Le habia dicho que se largara de mi vida. ¿Qué más claro podia decirle que me dejara en paz?

—Frances, lo que tienes ante a ti es un acosador.

Eso no era lo que yo quería escuchar. Me molestó mucho. Pensé que era la reacción típica de Kyla. Siempre viendo las cosas más grandes de lo que eran. Con tal de tener una buena historia.

—No seas exagerada, Kyla. La situación ya es suficientemente desagradable.

—Si yo fuera tú, llamaría a la policía.

—¡Oh, no, por favor! ¿Y qué les digo? "Un tipo me envió un ramo de rosas. ¡Arréstenlo!" Ya lo creo.

—¿Y qué me dices de todas las fotos que te tomó?

—No creo que haya una ley que lo prohíba. Yo no estaba desnuda ni nada que se le parezca —dije.

—No estoy muy segura, Fran. No me gusta nada ese tipo. Inventa historias. Te persigue. No acepta una negativa. Hay algo que no funciona bien.

—No descubriste nada nuevo. Pero no es ilegal estar loco.

—Sí, pero eso no garantiza que no sea un tipo peligroso —dijo Kyla—. Por lo menos, según mi biblia.

Se refería a la revista *People*. Era su seguidora incondicional.

—No hace mucho leí un artículo sobre el acosador de una actriz. El que escribió el artículo dijo: "Sí, está loco, pero loco no quiere decir estúpido. Eso es lo que lo hace tan peligroso. Es loco, pero inteligente."

—Eso podría decirlo también de ti, Kyla. Y no se me ocurriría mandarte a arrestar. A no ser que continúes con lo mismo.

—Fran, yo tú, estaría muy preocupada. Quién sabe, Devin puede ser agresivo.

—¡Cállate! —le pedí—. Lo único que logras es asustarme.

—Que no, Fran —dijo—. Sólo quiero advertirte del peligro.

—Mira, el chico no es un acosador. Lo que da es lástima. Nunca ha cometido un acto de violencia. Y después de todo, si tratara, yo soy lo suficientemente grande. Es posible que lo pueda dominar.

Kyla se echó a reír.

—¡Ay, no! Esa pelea no me la puedo perder: "Devin, el repugnante, versus Frances, la gigante."

Se reía a más no poder. Apenas podía respirar. Kyla sabe lo torpe que soy.

—Me imagino a los dos boxeando. Creo que eso sería mejor que un programa de boxeo profesional. ¡No, no, qué digo! Eso sería una pelea profesional. En vez de AMB (Asociación Mundial de Boxeo) sería ALB (Asociación de Locos en el Boxeo). Le ponemos a Devin una capa, le afeitamos la cabeza arriba y le dejamos una coleta. Y a ti, te aumentamos los pechos y te ponemos un leotardo plateado. Vamos a hacer millones.

Era una idea tan loca que me tuve que reír.

Después del día que había tenido, lo necesitaba.

Y el día aún no había terminado.

Capítulo catorce

El señor Abdul llamó cerca de las nueve de la noche para decir que habían tenido una niña. Traté de sonar feliz, pero creo que no me salió muy bien. Tenía una depresión horrible por la situación con Leo, la foto y las flores.

Traté de llamar a Leo, pero nadie contestó al teléfono.

Tenía ganas de gritar. Quería matar a Devin por haber arruinado mi vida. Sólo pensaba en lo que iba a hacer la próxima vez que lo viera.

Le iba a decir que era repulsivo, asqueroso, un enfermo mental y un perverso. Le iba a decir que era un apestoso. Le iba a decir que llamaría a la policía si continuaba molestándome. Le iba a decir todo lo que fuera necesario para librarme de él de una vez.

Por lo menos, ésa era mi intención.

Cerca de las diez de la noche comenzó a llover. Con tanta lluvia, no había ningún cliente. Traté de mantenerme ocupada. Le dibujé una tarjeta a la nueva bebé. Como estaba cansada y enojada tenía la creatividad por el piso. Hice un boceto de la bahía y escribí: "Le damos la bienvenida al nuevo miembro de Lockeport".

Me tomó hasta las 10:30. Todavía me quedaba una hora y media más. Pensé que el señor Abdul estaría muy cansado al día siguiente y decidí ayudarlo sacando mercancía del almacén de atrás de la tienda.

En cuando entré, supe que algo no andaba bien.

Había olor a pollo asado.

Capítulo quince

—¡Frances, me sorprendiste!

Devin estaba parado en medio del almacén con dos copas de vino, tratando de lucir casual. A su lado había una caja grande de cartón habilitada como mesa. Tenía servicio para dos personas, una vela, un cuchillo, un recipiente con ensalada y uno de esos pollos que venden ya cocinados en el supermercado.

Puso las copas en la "mesa" y me hizo una señal con la mano para que me fuera.

—¡Vete, vete! —dijo—. Todavía no estoy listo.

¿Y todo lo que le iba a decir? En ese momento lo olvidé todo. Lo único que hice fue quedarme allí parada, con una mano en el corazón, que se me quería salir del pecho.

—¿Cómo entraste? —le pregunté.

—¡Peeero Frances! —me dijo como si yo estuviera loca—. ¿No te acuerdas de la ventana del baño? Tú fuiste quien me dio la idea en la segunda noche que pasamos juntos.

Empezaba de nuevo con el romanticismo. No podía soportarlo.

—¡Lárgate de aquí! —le dije.

—¿Cómo? —dijo con una carcajada—. Pero si aún no hemos comido.

—¡Vete! —le dije—. No tienes permiso para estar aquí.

—¿Que no tengo permiso para estar en la tienda? Frances, ¿cómo piensas que el señor Abdul va a hacer dinero si no dejas a los clientes entrar a la tienda? —dijo con un guiño, haciéndose el listo.

—Tú no eres un cliente —le dije—. Y ahora voy a llamar a la policía.

Di media vuelta. Me agarró por el brazo y me dio un tirón.

—Eh, eh, eh. Aguanta un momento. No querrás hacer algo de lo que te arrepentirás después. No otra vez.

—¿De qué demonios hablas?

—¡Vamos! Sabes muy bien que los dos hemos hechos cosas en el pasado de las que no estamos muy orgullosos. Ésa es la razón por la que estoy aquí. Para enmendarlas. Pensé que si cenábamos juntos, tú y yo solos, podríamos olvidar todo eso. Ya sabes, arreglarnos. Seguir adelante.

Me acercó como si fuera a besarme. Giré la cabeza y le di un empujón, pero no me soltó.

—Créeme, yo no he hecho nada de lo que tenga que arrepentirme. Y hablo en serio. Ahora, ¡suéltame!

Le di un puñetazo en el pecho, y apenas se movió. Le di patadas en las piernas. Todo lo que dijo fue:

—Frances, cálmate.

Me volví loca. Grité, lo pateé, le di golpes. Le di un tirón, le di bofetadas. Tenía que salir de allí.

Me dio un puñetazo en la cara. No podía creer lo fuerte que era. Me viró la cabeza y los espejuelos me lastimaron la nariz. No lo podía creer, nunca nadie me había golpeado.

Paré de forcejear. No me podía mover.

—Lo siento, Frances —dijo, acariciándome la cara—. ¿Te sientes mejor?

Me miró directamente a los ojos, como si estuviera realmente preocupado por mí. Como si yo hubiera sufrido un ataque y a él no le hubiera quedado más remedio que golpearme.

Me dolía el brazo que me tenía agarrado. Pensé que al día siguiente iba a tener un tremendo morado.

Traté de sonreír. No quería que me volviera a golpear.

Tragué en seco y le dije:

—Devin, debes marcharte antes de que el señor Abdul regrese. Los clientes no tienen permiso para estar en el almacén.

—¿Se te olvidó que el señor Abdul no viene esta noche? —dijo riéndose—. Estamos a salvo.

Me pregunté cómo se había enterado. ¿Desde cuándo estaba él en la tienda?

Probé otra cosa.

—Leo va a llegar a cualquier momento —le dije—. Es muy celoso, y es muy fuerte.

Me pasó la mano por el pelo.

—No tienes que preocuparte por él, Frances. Ya sabe lo de nosotros. No te va a molestar más.

—Pero los clientes tienen que ser atendidos —me temblaba la voz y estaba a punto de llorar.

—Tienes razón —dijo—. Se me había olvidado eso.

Me llevó hasta la tienda con un brazo alrededor de la cintura como dos enamorados. Olía a sudor y a loción para después del afeitado.

Le puso el cerrojo a la puerta y le dio la vuelta al cartel para que se leyera "Cerrado."

—Ya está —dijo—. Ahora no nos tenemos que preocupar tampoco por los clientes. Estoy seguro de que al señor Abdul no le va a importar que cierres un poco más temprano, y mucho menos en una ocasión tan especial como ésta.

Me empezó a invadir el pánico. Como si me hubieran inyectado algo en las venas. Estaba a punto de perder el control y toda esperanza.

Miré por la ventana y vi pasar un carro. Levanté el brazo que tenía libre y grité frenéticamente.

—¡Auxilio! ¡Auxilio!

Devin apagó las luces. El carro ni siquiera aminoró la marcha.

—Qué bien se está aquí —dijo—. Solos en la oscuridad. Vamos, Frances, se nos va a enfriar la comida.

La única luz en la tienda era la del anuncio lumínico. Hacía que la cara de Devin luciera verde. Parecía una película de terror.

—No sabes cuánto he esperado este momento —dijo, y me llevó hasta el almacén.

Capítulo dieciséis

Devin acercó una caja para que me sentara. Encendió la vela y se sentó al lado opuesto, cerrando todo paso a la tienda.

Pensé en la ventana del baño. Tenía que subirme en el tanque del inodoro y escurrirme por la pequeña ventana. No me daría tiempo.

—Estás preciosa —me dijo. Aparentemente no había notado que yo estaba llorando.

—¿Champán, querida?

No le contesté. Sacó una botella de no sé dónde y llenó las dos copas. Levantó la suya y dijo.

—Por nuestro amor eterno —me obligó a levantar la mía—. Por nosotros.

Se lo tomó de un golpe. Yo tomé un sorbito. Me ardieron los labios. Sabía que me había partido la boca del bofetón.

—Tengo que pedirte disculpas.

Por un segundo pensé que había una oportunidad de que me dejara ir, pero continuó, diciendo:

—No tengo mucho dinero; ya sabes que renuncié al contrato con la compañía disquera. Hay varias editoriales interesadas en mis fotografías, pero hasta que no decida con cuál quiero trabajar, voy a estar un poco corto de efectivo. Espero que comprendas.

Puso una mano sobre la mía. No la quité, pero me puse tensa.

—Yo sé que mereces mucho más que ésto —dijo—. Algún día de seguro lo tendrás, porque de eso me ocuparé yo, pero por el momento, ¿aceptas ésto como una humilde muestra de mi amor?

Puso una caja de regalo en la "mesa." Me quedé mirándola.

—Ábrela —dijo.

No me moví.

—¡Ábrela! —gritó. Antes de que yo pudiera hacer nada empezó a romper el papel. Actuaba como un loco.

—Escucha, Frances. Estoy tratando de hacerlo lo mejor posible. ¿Qué más quieres de mí? ¿Esto no es suficiente para ti? ¿Es ése tu problema?

Estrelló una caja de carboncillos contra la mesa. Los platos saltaron.

—¡Ya sé que no es un anillo de diamantes! Te pido disculpas. Pensé que esto te gustaría de todas maneras.

Se me quedó mirando fijamente.

—Me gustan —dije.

Estaba cediendo. Tenía la cabeza baja. No podía mirarlo.

—Me gustan. Son preciosos y muy buenos…seguro te costaron una fortuna. Muchas gracias.

—Espero que dibujes algo para mí —dijo.

Cuando alcé la vista, estaba sonriendo.

—¿Qué te parece si comemos algo? —preguntó.

Comenzó a cortar el pollo. Me di cuenta de que con ese mismo cuchillo podía matarme.

O lo podía matar yo a él.

—¿Quieres más champán? —le pregunté.

Capítulo diecisiete

—¡Por supuesto!

Le llené la copa. Tomó un poco y comenzó otra vez a cortar el pollo. Lo observé mientras lasqueaba la pechuga y luego cortaba un muslo.

—¿Quieres pechuga o muslo? —me preguntó.

—Sírvete tu primero, yo me voy a servir sola.

—No, no, no —dijo—. Tú eres mi invitada. ¿Pechuga o muslo?

Me sirvió primero a mí, luego a él y quiso brindar de nuevo.

—Por tu nuevo contrato publicitario —dije.

Sonrió y se terminó la copa entera de champán. Quise llenársela de nuevo. Lo quería bien borracho e inútil.

Me detuvo.

—No. No más para mí, gracias. No quiero perderme ni un minuto de nuestra noche —me besó la mano—. Tengo grandes planes para los dos.

Me sonrió lentamente. Me dieron escalofríos y traté de aguantar la respiración.

—No te pongas nerviosa —dijo—. Vamos a ir despacio.

¡No! pensé, *no voy a permitir que eso suceda*.

Intenté alcanzar el cuchillo, pero él fue más rápido y lo agarró primero.

—Y ahora qué, Frances —dijo.

Eso era lo mismo que yo estaba pensando, sólo que en mi cabeza el "ahora" era "¡Ahora mismo, Frances!"

Agarré el resto del pollo y se lo lancé por la cabeza. Se agachó y no pude darle pero me dio un par de segundos para alejarme. Salté sobre la mesa.

Fue sólo un intento.

Soy muy torpe, es la verdad. Le di una patada a la caja y todo salió volando. Se rompieron las copas y se apagó la vela. Devin trató de agarrarme.

Agarró la parte de atrás de mi suéter, resbaló con la grasa del pollo y los dos nos caímos. Le di una patada en la cabeza y salí corriendo.

Corrí sin mirar para atrás hasta la tienda, resbalando con los zapatos llenos de grasa, derribando latas de comida, golpeándome contra los estantes. Me lancé hacia el teléfono. Levanté el auricular. Podía sentir a Devin detrás de mí.

Empecé a marcar nueve, uno...

Colgó el teléfono de un manotazo.

—Tenía la esperanza de no tener que llegar a este punto.

Me puso el cuchillo en la garganta.

Capítulo dieciocho

Con una mano me tiraba del pelo, con la otra, aguantaba el cuchillo y me halaba otra vez para el almacén. Me decía algo, pero yo no lo estaba escuchando.

Estaba rezando. No le rezaba a Dios, porque no sabía quién era, pero rezaba. "Por favor, ayúdame. Por favor, por favor, por favor." Lo repetía una y otra vez. Tenía la esperanza de que mi padre, Leo, Kyla o cualquiera escuchara mis ondas mentales y corriera a la tienda. Con un cuchillo en el cuello eso era lo único que tenía, esperanza.

Quería creer que eso era posible, pero no era tan tonta. Nadie iba a buscarme. El señor Abdul estaba en el hospital. Mi papá estaba dormido frente a la televisión. Leo...no tenía la menor idea de dónde podía estar. Sólo sabía que no iba a recogerme.

Una vez que llegué a esa conclusión, sucedió algo raro. De pronto sentí una calma sorprendente. No era felicidad, por supuesto, era algo así como cuando se sabe que no hay nada más que hacer. Creo que lo correcto sería decir resignación.

Supe que era el final.

Pensé en Devin. ¿Cómo es que no pensé en eso antes? Ese cuento sobre Tom Orser...si lo hubiera analizado me habría dado cuenta de que en ese número de años él no podía haber tenido todos esos hijos. El contrato con la compañía disquera...sólo tenía que mirarle la ropa que traía puesta para darme cuenta de que no tenía el dinero que decía tener. Los dos seleccionando el mismo libro... estaba en la biblioteca vigilando todo lo que yo hacía. Seguro que vio el libro que estaba leyendo y averiguó el número de archivo.

Me sentí triste por no haber sido lo suficientemente inteligente como para haberme dado cuenta.

¡Qué horrible morir a los diecisiete años!

Sentí tristeza por mi mamá. Habíamos pasado por momentos difíciles, pero éramos excelentes amigas. Ella estaba muy contenta de que yo fuera a la escuela de arte. Era algo con lo que ella había soñado toda la vida. Ahora, ni ella ni yo.

Sentí una pena horrible por mi padre. Seguro se sentiría culpable. Nunca quiso que yo trabajara sola en una tienda de carretera, por la noche. Trató de hacerme ver el peligro, pero no pudo. Los dos sabíamos bien que él no ganaba suficiente dinero para pagar por mi educación. Alguien tenía que hacerlo.

Pensé en mi hermano. Debía haber sido mejor con él. No era malo. Todos los chicos de catorce años son insoportables. No era su culpa. Ahora me iba a morir y no había hecho nada bueno por él. Después de mi muerte, mis padres no lo iban a dejar hacer nada. Lo protegerían hasta la sofocación.

Hasta me sentí mal por Kyla. Se iba a quedar sola. Nadie en Lockeport entendía lo increíble que ella era.

Devin me empujó sobre una caja de cartón. Tenía la espalda contra la pared. Me puso la punta del cuchillo en la barbilla. Tuve que levantar la cabeza para que no me cortara.

Seguía hablando, pero ahora le corrían las lágrimas.

—Quise tanto que lo nuestro fuera algo verdadero —dijo—. Este amor es algo que ocurre solamente una vez en la vida, pero tú lo desperdiciaste. Como si yo fuera una servilleta con la que te soplas la nariz y luego la echas al cesto de la basura. Como algo pegado en la suela de tu zapato.

¿Por qué? Me lo pregunto una y otra vez. Tú podías sentir el amor entre nosotros. Lo vi en tus ojos desde nuestra primera noche juntos. Entonces, Leo se dedicó a envenenarte contra mí.

Le dio la vuelta al cuchillo y sentí algo que me rodaba por el cuello. Me limpió la sangre con su dedo índice mientras movía la cabeza de un lado para otro.

—Pensé que podría ayudarte —continuó—. Pensé que te podía dar un poco de tiempo, pero ya es muy tarde. Me puedo dar cuenta. Ya no tengo otra alternativa.

Hizo una mueca horrible, tratando de no llorar, y sonó como el que trata de levantar un peso muy grande o el que tiene un gran dolor.

—Lo siento —dije.

En realidad, sentía pena por él. Nadie lo quería. Ésa era la única cosa que yo sabía de su vida.

—No es suficiente que lo sientas, Frances. Yo necesito más. Necesito poseerte.

—Eso no es posible —dije sin gritar o sin enojarme. Le estaba diciendo la pura verdad.

Asintió.

—Entonces, tengo que matarte.

Capítulo diecinueve

Cuando dijo "matarte" algo sucedió dentro de mí. Fue peor que oír decir "morir."

—Tengo que *matarte* —dijo otra vez—. Y luego, matarme, porque yo no puedo vivir sin ti.

Levantó los hombros.

—¿Me puedo tomar otro trago? —preguntó.

Le dije que sí con la cabeza, con cuidado de no enterrarme el cuchillo.

—Antes de morir —le dije—, hay algo que quiero hacer.

—¿Qué? —dijo, tratando de servirse champán con una mano.

—Me gustaría hacer un dibujo tuyo.

Pude darme cuenta de su sorpresa. Se detuvo y me miró.

Respiré profundamente, sin moverme.

—Eres muy guapo —dije—, y has hecho tantas cosas en tu corta vida. Música, fotografía...

Se mordió los labios y me estudió. Era como se quisiera leer mis pensamientos. Traté de que mis ojos no me delataran.

—Yo sé que las cosas no han funcionado entre nosotros —seguí hablando—, y ésta es la forma en que tienen que terminar. Pero eso no quiere decir que debes ser olvidado. Debe existir algo para que puedas ser recordado. Un retrato, por ejemplo. Te conozco mejor que nadie y creo que puedo captar lo especial que verdaderamente eres.

Retiró el cuchillo, no muy convencido.

—Han ocurrido muchos casos de asesinatos suicidios últimamente —dije—. El de nosotros será un caso más, pero uno donde encuentren un dibujo del asesino, hecho por la víctima, lo dudo mucho. Creo que saldría en todos los periódicos.

Ladeó la cabeza.

—Y es posible que también en la televisión —agregué—. Con tu música de fondo, creo que hasta le interesaría al canal de entretenimiento.

No tenía nada más que decir. Esperé.

—Tienes razón —dijo—. Creo que sería interesante.

Miró alrededor.

—¿Tienes papel?

—Sí, mucho —dije rápidamente.

No quería darle la oportunidad de cambiar de idea. Arranqué un pedazo de papel de una de las cajas. Me pude dar cuenta de que no le gustó.

—Me encanta la textura de este papel, ¿y a ti? —dije, pasándole la mano como si fuera exactamente lo que yo estaba buscando.

—Sí —estuvo de acuerdo—. Me encanta. ¿Dónde quieres que me siente?

Puso la cabeza de lado y fijó la mirada en la distancia. Obviamente sabía cómo posaba la gente famosa.

—¿Te parece bien así?

—Perfecto —dije—. Ahora, no te muevas.

Abrí mi caja nueva de carboncillos. Seleccioné un 2B porque era el que tenía la punta más afilada. Miré a Devin. En realidad, tenía buenas facciones. Una nariz recta, pómulos altos y ojos almendrados. Podría ser bien parecido, si hubiera algo diferente detrás de esa cara.

Dibujé un óvalo, con una nariz y dos ojos. Levanté el lápiz y lo puse verticalmente justo delante de su cara.

Dio un respingo.

—Lo siento. Quiero estar segura de que las proporciones son correctas —le dije.

—Sí, lo sé. Lo sé —respondió como siempre, pretendiendo saberlo todo.

Dibujé la boca y le arreglé la nariz. Miré el dibujo. Hasta en los primeros trazos podía ver a Devin en ellos. Es increíble lo que se puede lograr con concentración.

Levanté el lápiz otra vez. Devin pensó que estaba comprobando las proporciones y no se movió.

Sí se movió cuando le clavé el lápiz con toda mi fuerza dentro de la nariz, en el lado izquierdo.

Cayó al suelo, dando gritos y sangrando.

Le pasé por al lado corriendo, atravesé la tienda y no paré hasta la calle.

Era poco menos de la medianoche y Leo entraba en el aparcamiento de la tienda.

Epílogo

El verdadero nombre de Devin es Dwayne Parker. No toca ningún instrumento musical. No sabe ni pizca de arte, de arquitectura o de biología.

Su padre no es Tom Orser, sino Donnie Parker, y abandonó a la familia cuando Devin tenía ocho años. Su madre piensa que eso fue lo que lo afectó.

Kyla tenía razón. Devin estaba loco, pero no era estúpido. Kyla supo enseguida que había algún problema, por eso mandó a Leo a la tienda en cuanto vio el Ford Fiesta azul parqueado detrás de *Parada en la Autopista*.

Devin tiene que presentarse ante el juez el próximo jueves por cargos de acoso, rapto e intento de asesinato. Por supuesto, dice que todo es un malentendido, una pelea entre amantes, y que él sabe, en el fondo de su corazón, que pronto estaremos juntos otra vez.

Es por eso que todas las noches me despierto dando gritos.

Todavía pienso irme a la universidad a estudiar arte. Y lo haré. No voy a dejar que Devin destruya mis sueños.

Pero tengo que admitirlo. Tengo miedo. Creo que no sería mala idea quedarme en Lockeport por un tiempo junto a mis padres.

Y a Leo.

Ya veremos.

Títulos en la serie
orca soundings en español

A punta de cuchillo
(Knifepoint)
Alex Van Tol

A reventar
(Stuffed)
Eric Walters

A toda velocidad
(Overdrive)
Eric Walters

De nadie más
(Saving Grace)
Darlene Ryan

El blanco
(Bull's Eye)
Sarah N. Harvey

El plan de Zee
(Zee's Way)
Kristin Butcher

El qué dirán
(Sticks and Stones)
Beth Goobie

El soplón
(Snitch)
Norah McClintock

Identificación
(I.D.)
Vicki Grant

La guerra de las bandas
(Battle of the Bands)
K.L. Denman

La tormenta
(Death Wind)
William Bell

La verdad
(Truth)
Tanya Lloyd Kyi

Los Pandemónium
(Thunderbowl)
Lesley Choyce

Ni un día más
(Kicked Out)
Beth Goobie

Revelación
(Exposure)
Patricia Murdoch

Un trabajo sin futuro
(Dead-End Job)
Vicki Grant